KB194014

살살이꽃

# 살살이꽃

**초판 1쇄 발행**  2025년 5월 15일

—

**지은이**  정봉렬
**펴낸이**  이방원
**책임편집**  안효희        **책임디자인**  박혜옥
**기획**  김명희·박준성        **마케팅**  최성수·이지민        **경영지원**  이병은

—

**펴낸곳**  세창미디어
   신고번호  제2013-000003호    주소  03736 서울특별시 서대문구 경기대로 58 경기빌딩 602호
   전화  02-723-8660   팩스  02-720-4579
   이메일  edit@sechangpub.co.kr    홈페이지  http://www.sechangpub.co.kr
   블로그  blog.naver.com/scpc1992    페이스북  fb.me/Sechangofficial    인스타그램  @sechang_official

—

**ISBN**  978-89-5586-844-9  03810

정봉렬 시집

# 살살이꽃

엄마
저 꽃 이름이 뭐야?
살살이꽃이란다
코스모스라고 부른단다
엄마가 가장 좋아하는 꽃이란다

세창미디어
MEDIA

# 자서 自序

첫 시집 『잔류자의 노래』(1987) 이후
일곱 번째 시집을 엮는다.

1부와 2부는 다섯 번째 시집 『겨울 나그네』(2020)
이후에 쓴 시들을 모아 엮었다.

3부와 4부는 여섯 번째 시집이자 시조시집인
『난세기』(2021)를 펴낸 이후, 이른바 코로나시대를
살아오면서 일기 삼아 쓴 시조들을 간추린 것이다.

그동안 여러 가지로 부족한 저의 시를 읽어 주신
존경하는 벗님들께 깊은 감사의 뜻을 전한다.

2025년 4월

# 차례

## 제2부 길 위의 노래

# 제3부 동행

# 제4부 가을길

# 제1부 휘파람새

# 휘파람새

어디서 들려오는 휘파람 소리가
지친 몸을 일으켜 세운다

유년의 늘푸른 숲에서 노래하던
휘파람새가 찾아왔나 보다

둥지를 다투지도 않고
슬픔이나 분노를 노래하지 않는

색깔도 모르고 모습도 알 수 없는
어린 가슴을 뛰게 하던 휘파람새…

희망이란 노랫말을 일깨워 주고는
눈부신 오월의 하늘을 날아오른다

# 찔레꽃이 필 때

보릿고개 넘어가는 가파른 언덕배기
허기진 한낮이 눈부시어 서러울 때

바다를 가로질러 온 바람이
사월의 청보리밭을 지나
무더기로 핀 찔레 덤불에 부서질 때

떠나는 사람만 있고
돌아오는 사람은 없는 동구 밖 자갈길로
향두가香頭歌에 발걸음을 맞추어
흐느끼며 꽃상여가 지나가고

찔레순을 꺾다 피멍울 진 어린 손가락을
호호 불어 주신 어머니의 머리카락에
하얗게 너울거리며 너울거리며
찔레꽃이 필 때…

# 벚꽃 그늘 아래서

나는 할 말이 없는데
아직도 못다 한 말이 남았다고
다시 돌아서게 한다

그냥 서 있기만 해도
바라보기만 해도 좋으니
발걸음을 멈추라고 한다

그래! 그렇구나…

나에게 할 일이 남아 있구나
이렇게 꽃 피는 봄도 모르는
사랑하는 사람을 위하여

구부정한 등을 보이지 말고
신록 속으로 가을 속으로 이 길을
첫눈이 오면 눈길을 함께 걸어가자

독백보다 무겁고
침묵보다 더 가벼운 꽃잎이
휘청거리는 발목을 휘감는다

# 그 사람

서로 마주 보며
눈웃음도 나누지 못하고
술잔도 부딪치지 못했지만
그 사람을 그리워하네

나란히 앉아서
빈 하늘을 바라보거나
야윈 어깨를 기대지도 않았지만
그 사람 이름을 불러 보네

바다로 흐르는 강을 따라
이편 저편 언덕길을 가다 보면
함께 만나리라 굳게 믿었던 그 길이
밀물 썰물로 갈라지는 파도로 스러지고

아득한 수평선 너머로
솟아오르다 사라지는 꿈속의 그 사람…

# 바닷가에서

그리움이란 잊혀지는 것이다
영영 사라지는 것이 아니라
잊혀져 가는 것이다

파도처럼 팔을 벌리며 다가섰다가
하늘과 맞닿은 수평선 너머로
아득히 사라지는 것이 아니라

추억이 간직한 발자국처럼
이별이 남긴 상처 자국처럼
아련하게 잊혀져 가는 것이다

환희와 비애가 하얗게 밀려와서
헛웃음을 뿌리며 스러져 가듯이

그리움은 그렇게 잊혀지고
또 그렇게 사라지는 것이다

# 봄은 왔는가

봄은 왔는가
겨우내 살아남은 길고양이
한 뼘 햇볕에 쭈그리고 졸고 있는
아파트 단지 한구석에도

봄은 왔는가
한강로로 가는 산책로에
아직도 한기에 떨고 있는
헐벗은 미루나무 가지 끝에도

아무도 모른다
산수유가 노란 눈을 뜨고
아지랑이가 비틀거리며 달려와도
기다리던 그 봄이 아닐지도

먼 하늘 천둥소리에 놀라
오던 봄이 달아났는지
난데없는 돌풍이 회오리칠 때
먼저 와 자리 잡고 손을 흔들고 있는지도

# 교차로에서

교차로를 건너면서
낯선 사람이 나를 알아본다

신호등은 깜박이고
누군지 인사도 못 하고 지나온다

마스크를 낀 채 핸드폰을 들고
사람들은 열 두 줄기 물결로 흐른다

오른편 왼편을 헤아리는 동안
뒤돌아보며 사라지는 당신의 긴 그림자…

# 잔설

한걸음 뒤처져서 오던 후회가
앞장선 기다림을 따라잡는다

세월의 톱날이 남긴 자국이
녹지 않는 잔설이 되어 반짝인다

차라리 가슴속에 만년설로 얼었다가
그리움의 바다에 빙하로 흐른다면

더 이상 떠나가는 사람 아무도 없는
봄이 오는 포구에서 만날 수 있을까…

# 봄

밤도둑처럼
기척도 없이
봄꽃이 핀다

그리움을 훔쳐 달아나는
아지랑이 따라
봄날은 간다

# 고향의 봄

종다리
장다리 밭에 날아오르고
산꿩이
고개 넘어 산기슭에 알을 까도

인적이 뜸한 동구 밖
고향의 봄은
아직도 멀리 있어
더 기다려야만 오는가

바다를 건너온 바람이
청보리밭을 가르마 타다가
청솔밭에 주저앉던
그런 고향은 이제 없다!

개나리 흐드러진 빈집 담벼락엔
끝난 선거 벽보가 그대로 붙어 있지만
기다리는 사람 아무도 없는 고향에는
봄이 다시 찾아오지 않을지도 모른다

# 안개 속에는

그 시절 안개 속에는
눈물샘을 솟구치게 하는
정체불명의 가루가 섞여 있었지

둘이는 손을 꼭 잡고 함께 가다가
눈물을 훔치려다 손을 놓치게 되었지
안개 속에서 만나는 길을 잃고 말았지

이 시절 안개 속에는
바다를 건너온 황색 미세먼지와
붉은 역병 바이러스가 같이 숨어 있지

입을 막고 예방주사를 몇 번이나 맞고도
그리운 사람을 만나지도 못한 채
아직도 자욱한 안개 속에서 쿨룩대고 있지

## 원근법 遠近法

멀리 있는 사람을
가까이 끌어당겨
눈동자를 그린다

눈앞에 서 있는 사람을
저 멀리 보내 놓고
언제 돌아오나 기다린다

눈에서 떨어지면 그리워하고
자주 보면 멀어지는
사랑의 원근법이여!

# 잡초밭

잡초밭도 꽃이 피면
꽃밭이 된다

크고 작은 풀잎들이
꽃을 피운다

잡초 아닌 풀꽃들이 어디 있으랴
잡초든 꽃이든 봄은 눈부시다

공사장 옆 잡초밭에도
아지랑이가 비틀거린다

# 야합野合

돈은 힘이 센 초인이다
귀신도 부릴 수 있다

권력은 임자도 없고 집도 없는 칼이다
찌르고 빼앗고 허무는 바람이다

돈이 입을 열면 사람은 입을 닫고
권력은 미친 칼춤을 춘다

돈과 권력이 야합의 어깨동무를 할 때
사람들은 몰래 귀신과의 야합을 꿈꾼다

# 기침

골 깊은 기침이
폐부를 찌른다

눈을 감으면
아득한 동굴 속의 메아리

눈을 뜨면
귀가 멍멍하고 무지개가 핀다

밤새 만났다 헤어진 다리 위로
텅 빈 가슴이 서늘하다

# 길을 잃다

바다를 낀 시장바닥에서
방향을 묻는 이에게
빠져나가는 길을 가르쳐 주고
길을 잃었다

사방을 둘러보고
언덕 위 하얀 집을 목표로
부둣가를 벗어나 직진하다가
길을 잃었다

나는 어디로 가고 있나
무엇을 찾아가고 있었나
누군가가 기다리고 있었을까
낯익은 풍경인데 길을 잃었다

바람이 불고 비가 내리다
눈부신 햇살이 내려앉아
따라온 그림자를 뒤돌아보면
사라지는 길 위로 기어드는 땅거미…

# 선거철

그물을 빠져나간 물고기는
다시 돌아오지 않는다

이 바다를 떠나간 표심은
어디로 표류하고 있을까

물을 흐려 놓친 물고기를
다시 몰아 잡으려고 하지만

물때를 잘 모르는 나무꾼들이
입으로만 그물질하는 어장에는

장자방과 제갈공명이 넘쳐나고
남 탓만 하는 장수의 허세가 요란하다

# 거리두기

나는 한자리에 서 있는데
자꾸만 멀어져 간다

매화꽃이 세 번째 피고 지는 동안
그리움이 쌓였다 허물어지고

밀물이 찰랑대는 모래톱에서
앙상한 발목을 움켜쥔 수평선 너머로
사라져 가는 너와 나의 거리

# 일흔 네 살의 가을

일흔 네 살의 가을이 깊어 가고
걸음걸이는 더욱 느려진다

하루가 다르게 산이 멀어지고
높푸른 하늘은 점점 낮아진다

만나서 할 이야기도 없을 것 같아
핑계를 대고 만날 약속을 미룬다

말없이 보기만 해도 좋을 가을을
기다림 속에서 뒤돌아보며 걸어간다

# 파도

눈이 내려도 쌓이지 않는 겨울바다에서
밀물 썰물이 서로 껴안은 채로 몸을 섞고
가쁜 숨을 몰아쉬고 있는 것을 본다

어떤 생명을 잉태하는 것일까
새로이 태어났다가
끝없이 사라지는 바다의 숨결은
순간이면서 영원인지도 모른다

눈보라에 하얀 갈기 휘날리며
밀려왔다가 이내 돌아서는 몸짓이
빈 가슴에 말발굽 소리를 남기고
그리움과 함께 수평선 너머로 사라진다

사라지는 것이 어찌 그리움뿐이랴!

잊혀지지 않으려고 오래오래 기억하려고
아무도 찾지 않는 모래톱에 새긴
사랑하는 사람의 이름과 얼굴마저
만나고 헤어지고 또 기다리는
파도의 뜨거운 포옹 속으로 스러져 간다

# 겨울밤에

누가 오나 보다
가슴이 쿵쿵댄다
누군가 말을 타고 오나 보다

창문을 열어 본다
헐벗은 나무들이
잔가지 하나 흔들리지 않고
차렷 자세로 서 있다

입이 마르고 목이 잠긴다
어린 시절이나 지금이나
꿈속의 토막 나는 이야기는
언제나 짧고 아쉽기만 하다

더 이상 그리워할 아무것도
남아 있지 않은 겨울밤에는
고추바람도 숨을 멈춘다

다시 눈을 감고
되돌아 꿈길을 찾아가면
후회처럼 남은 발자국이
달빛에 젖어 떨고 있다

# 눈이 내리네

하얀 아침에 눈이 내리네

밤새 쌓인 그리움의 무게 견디지 못하고
산산이 부서져서
울음도 없이 내리네

누군가 가까이서 속삭이네
기다리던 눈이 온다고
떠나간 그 사람이 돌아오고 있다고

헤어짐도 기다림도
아무런 상처도 남지 않은
이 적막한 아침에 눈이 내리네

# 추억 정리

가을이 깊어 갈수록
정리할 목록이 늘어난다

버리고 또 버려도
쌓이는 인생의 더미들

내일과 어제가 오늘에 더해지고
정리하면 할수록 더 커지는 질량

책과 사진과 얼굴과 이름들을 버리고
그 속에 배어 있는 추억들을 정리한다

흐릿해지는 눈과
시려 오는 가슴에 힘을 빼면서…

# 그 가을로

하늘은 그대로 높고 푸르건만
그 광장은 마침내 사라졌다

천릿길 마다 않고 달려온 사람들은
무엇을 염원하며 노래하고 외쳤던가

골목길 좁은 식당에서 막걸리를 주고받던
이름도 모르는 친구들은 다 어디로 갔을까

다시는 보지 못할 그 가을로 가고 싶다

# 첫눈

마스크로 입을 막아도
첫눈이 내리고
새하얀 그리움은
남쪽으로 날아간다

오늘 밤
단꿈을 꾸지 못한다면
내일 아침은
꽝꽝 얼어붙게 될지도 몰라…

# 꿈 이야기

천둥 번개 때문에
한밤중에 꿈을 깬다

스토리가 있는 요란스런 꿈…

관념의 찌꺼기가 떠다니고
불만의 잔뿌리가 꿈틀거린다

비약과 반전을 거듭하는 미완성의 꿈…

# 이 가을에도

이 가을에도
위선과 기만이 난무하네

거짓이 사실을 덮고
온갖 모략과 선동이 판을 치네

미디어마저 프레임을 짜서
국민의 눈과 귀를 가리네

따로 따로 편을 나뉘어
망국의 낭떠러지로 굴러가는

이 가을의 끝은 어디인가!

# 허상

위선과 기만으로 구축해 온
이데올로기의 허상

무게 없는 망상은
무쇠보다 무거운 욕망을 불러오고

깃털보다 가벼운 야욕의 칼이
비어 있는 권력의 심장을 저격하면

꿈과 현실의 담벼락 위로
피 묻은 무지개가 뜬다

# 단풍

혀가 두 개인 자들이
득세하는 세상

거짓의 강물이 흐르고
탈색脫色된 진실이 나뒹구는 세상

입만 살아서 시끄러운 이 가을에
온 산천이 단풍 들어 피울음 운다

알을 까놓은 제집을 찾지 못해
텃새들은 정든 숲을 떠나간다

# 내상 內傷

보이지 않고 소리도 없이
스며드는 바람

이편인지 저편인지 색깔도 모르는
공격으로부터 생긴 멍

아린지 시원한지
느낌도 마비된 상처

안으로만 흐르는 선혈이
겨울하늘 저녁노을로 핀다

# 나목 裸木

바람소리와 함께 기다리다
낙엽과 함께 한숨 쉬다

흐느적거리며 쓸려 가는
발걸음도 숨이 차다

얻어맞은 느낌도 없이
빙빙 돌다가 방향을 잃는다

풀리는 뿌리의 관절을 겨우 가누어
푸른 하늘을 바라본다

# 추억

겨울비 주룩주룩 내리는 날

이름은 이름대로
기다림은 기다림대로

바람소리에 묻어 두고

잊혀져 가는 추억만
텅 빈 가슴에 품는다

눈만 남은 얼굴을 그리며…

# 별

마음이 흐린 날에는
별을 찾는다

뜨거운 가슴에다 시를 쓴 시인들이
차가운 밤하늘의 별이 되었다

반짝이다가 잊혀지고
눈물을 머금고 사라진다

오래오래 노래로 떠돌다가
빛을 뿌리며 적막 속으로 떠나간다

# 외면

입과 귀를 가리고 살아도
세월은 무심하게 흘러간다

신문 방송 다 끊어도
세상은 끊임없이 소란하다

해는 저물고 갈 길은 멀다던
옛사람의 탄식도 사라진 뒤안길에서

서로를 알아보는 눈길을 거둔 채
그리운 이름만 되뇌면서 돌아선다

# 꿈속에서 악을 쓰다

그동안 쌓이고 쌓인 분노가
꿈속에서 폭발한다
벼락 치듯 고함을 내지른다

내 소리에 내가 놀라 깨어나니
맺혔던 응어리가 풀린 느낌이지만
이내 맥이 흩어지고 기운이 새어 나간다

꿈이 아닌 생시 백주대낮에
어떤 산에 올라 마음껏 외치고
어느 바다에서 목청껏 노래하나

목이 잠겨서 고개를 숙인다
발길에 뒹구는 낙엽이 처량하다
눈을 감아도 겨울바람이 불어온다

# 관전 觀戰

세월이 이렇게 가는 동안
메아리 없는 아우성만 더해지고

편이 갈린 싸움터에는
색깔이 바래진 깃발들만 나부낀다

때와 장소에 따라 생각이 달라지니
누가 이기나 지나 마찬가지…

관중은 흥을 잃고
첫눈 온단 소식도 멀다

# 봄바다

함께 거닐 사람 떠나가도
당신의 봄바다는
혼자라도 외롭지 않으리라

산맥을 넘어온 겨울바람과
수평선을 건너온 봄바람이
서로 으르렁거리지 않고

권세와 명리名利를 탐하는 무리들이
성난 파도를 일으키지 않는
그런 바다를 당신은 만나리라

기다리는 사람의 눈망울 속에
눈물로 반짝이는 은비늘 물이랑은
야윈 당신의 발목도 감싸 주리라

# 개꿈

이 봄이 가면
봄꽃이 피면서 지는 동안
눈만 감으면 개꿈만 꾸는
이 봄이 가면…

밀린 숙제 하듯이
묵은 거미줄을 벗기듯이
쌓인 정담을 나누고
막걸리 잔을 부딪치고…

허전한 빈자리 대신
허공을 응시할 수 있을까
말없이 한숨 쉬지 않고
눈물 흘리지 않고…

개꿈만 꾸는 봄날이 가면
새로운 세상이 열리고
거짓과 위선이 사라지고
그리운 사람도 이제는 만날 수 있을까…

# 해일 海溢

바람의 방향이 바뀌기 전부터
바다는 대륙을 넘보기 시작했다

적도赤道를 경계로 남북이 갈라지고
서로 엇갈려서 사시사철 무역풍이 분다

태풍은 실눈을 부릅뜬 채
거품을 입에 물고 도끼날을 휘두른다

사랑했기에 원망이 넘치는 파도여!
아득한 그리움으로 꿈을 삼키는 바다여!

# 제2부 길 위의 노래

# 살살이꽃

엄마!
저 꽃 이름이 뭐야?
살살이꽃이란다
코스모스라고도 부른단다
엄마가 가장 좋아하는 꽃이란다

솜사탕처럼 입안에 살살 녹는 이름
신비하고 아련해지는 또 다른 꽃이름
저 아득한 시공의 언덕 너머
마야의 신전 뜨락에서 피어나던
우주를 머금은 형형색색 신비로운 꽃

언제 어떻게 이 땅의 산하에
이름보다 먼저 와서
가을하늘보다 먼 그리움을 불러오고
살랑살랑 바람에 흔들리고 있는가

삶이라는 사람들의 세상살이란
작은 바람에도 흔들리며 살아가는 것
만나고 살을 맞대다 헤어지고
또 기다리면서 그리워하는 것이다

뜨거운 살에라도 데인 듯
고추잠자리가 살짝 스쳐간 꽃잎에
노을을 빠져나온 하늬바람이 전하는
가을의 숨소리에 쫑긋 귀를 세운다

그립습니다…
사랑합니다.

# 서쪽 하늘이 열려 있는 마을

서쪽 하늘이 열려 있는 마을은
눈부시지 않은 태양을
똑바로 바라볼 수 있어서 좋다

바다 냄새가 서풍에 실려 와서
말없이 저녁노을에 스며들고
샛별을 가슴에 품을 수 있어서 좋다

남과 북이 갈라지고 만나는 산마루에
동쪽에서 아침 해가 솟아오르면
밤새 갈아 온 칼날은 이슬 맺힌 풀잎일 뿐!

고개를 돌려 비 개인 하늘가를 쳐다보면
미움도 원망도 새털구름 속으로 사라지고
열려 있는 서쪽 하늘로 가을이 온다

# 아침 바다

비애가 분노를 삼키고
하얀 불꽃을 토해 낸다
후회는 목에 걸리지 않고
재는 눈부신 꽃밭에 뿌려진다

간밤의 원망과 증오의 씨앗은
작은 꽃잎 하나 틔우지 못하고
파도에 휩쓸려 이리저리 떠돌다가
수평선 너머 먼 하늘로 사라진다

# 가을의 이별

서풍을 따라온 가을이
어느덧 노을에 젖어 있다
석별의 눈물보다 더 무거운 낙엽이
추억의 오솔길에 비틀거리며 떨어진다

누구나 다 아는 이별이라지만
미처 준비하지 못한 인사말에 목이 잠기고
조금만 더 머물다 갈 핑계를 찾아
반쯤 비어 있는 물빛 하늘을 바라본다

사랑합니다
기다리겠습니다
가을빛에 숨긴 고백이 뒤늦게 꿈틀대지만
이제는 그만 헤어져야 할 시간…

기러기 떼 지어 날아가는 북녘 하늘로
기다리지 않는 겨울이 오고 있다

# 11월

11월에는 아마도
가을과 겨울 사이의
보이지 않는 금이 그어져 있을 것이다

사랑하는 사람들끼리에 자라나는
열망과 원망의 실핏줄 같은 경계선을
물안개가 피어올라 감싸 주듯이

가고 오는 것들의 작은 틈새로 흐르는
낙엽에 물든 눈물울 훔쳐 주고
또 바람도 막아 주는 저녁노을이 필 것이다

그리움과 기다림이 아련해지는 11월에는
하늘과 바다를 잇는 수평선 언저리로
반짝이면서 내일이 오고 있을 것이다

# 삶이란

삶이란
본래 그런 것이다

참고 견디며
기다리는 것이다

그리워하며
뒤돌아보다가

끝을 모르는 길을
혼자서 가는 것이다

# 겨울바람

겨울바람이 불어와서
구부정한 등을 떠밀기도 하고
옆구리에 부딪히면서
비틀걸음을 걷게 하기도 한다

겨울바람이 매섭게 불어와서
입을 얼어붙게 하고
외로운 가슴에 파고들어
안온한 겨울잠을 유혹하기도 한다

# 입춘 무렵

입춘 무렵이면
비어 있는 고향집이라도
매화와 산동백이 피어났었지…

고향바다는
안개 속에 아련하고
봄소식은 아직도 멀리 있는가…

# 겨울 바다의 약속

코스모스도 다 피우지 못하고
가을이 서둘러 떠날 무렵
겨울 바다에서 만나자는 약속은
아직 청산되지 않은 빚으로 남아 있다

또 다른 가을이 왔다가 가고
바다기슭 동백꽃이 피고 지는 동안
함께 바라보던 수평선이 가물가물해지자
연체이자로 불어난 약속의 파도가 밀려온다

살아가면서 사람들은 잊어버리기 위해
빚더미보다 가벼운 약속을 하고
살아오면서 더러는 잊지 않으려고
만남보다 무거운 이별도 한다

아무런 약속 없이도 오는 봄날에
다시 만나 서로를 바라볼 수 있다면
반짝이는 겨울 바다를 눈망울에 머금고
또 하나의 약속을 맺을 수 있을까…

# 잔설이 녹으면

잔설이 녹으면 잊을 수 있을까

비틀거리는 아지랑이 속으로
스멀스멀 기어드는

그리운 얼굴과 이름을
사라져 가는 세월의 빛과 소리를…

# 서풍西風

여기까지 왔구나

영화 속 해바라기 평원을 지나
검은 바다를 헤치고 사막을 가로질러
역사책에 끼어 있는 비단길을 따라
거짓 선전과 죽음의 검은 장막이 둘러싼
복락의 땅 서방정토西方淨土를 탈출하여
아침 햇살 눈부신 여기까지 왔구나

사악하고 비열한 대리전의 전장에서
왜 싸워야 하는지도 모르고
왜 죽어 가야 하는지도 알지 못한 채
한 뼘 묘지도 없이 사라져 간 원혼을 품고
참혹한 전쟁의 상흔이 남아 있는
분단의 나라 여기까지 찾아왔구나

지뢰밭에 세운 녹슨 철조망을 뒤덮은
무성한 칡넝쿨을 흔들며
먼 나라에서 살아남은 하늬바람이 분다

# 부재不在

주소가 적힌 문패 옆에
부재중이라는 팻말이 걸려 있다

셀 수 없는 시간이 머물다 간
녹슨 대문 틈새로
바람결에 얹혀 물어본다

누구 있소?
누구 없소?
어디 갔소?

팽팽한 고요 속에
누군가 숨을 죽이고 숨어 있다

당신은 이곳에 없고
나는 그곳에 없다!

# 부두의 아침

겨울 아침
살얼음 낀 꿈길에 눈이 쌓이고
고해苦海라는 인생의 바다가 밀려온다

바다에는 눈이 쌓이지 않고
밤배의 멀미 속으로 녹아내린다

동토凍土에 한 발을 내디디면
사라지는 멀미의 꼬리를 좇아
가식 없는 고추바람이 불어온다

전장으로 가는 저마다의 발걸음은
추상적인 구호에 줄을 지어
가짜 깃발 휘날리는 고지를 넘어간다

# 겨울나무의 편지

겨울나무는 누가 가르쳐 주지 않아도
온갖 색깔과 소리로 편지를 쓴다

잔설이 얼어붙은 가지에 숨어
연초록 생명의 싹눈을 틔운다

겨울나무의 편지는 아지랑이 속에서
눈물이 마른 사람에게만 전해지고

눈가에 시퍼런 멍 자국이 남아 있는
오직 기다림만 남은 가슴에게 배달된다

# 작별

이제는 헤어질 때
무거운 빈손을 놓아주고
그만 돌아설 시간

달빛이 맨몸을 덮어 준 솔숲에서
짝 지어 알을 까던
산새들도 날아가고

야속하고 아쉬운 정 말고
서로의 손바닥에
무엇이 남아 있을까

자꾸만 뒤돌아본다
황혼에 비껴서는
긴 그림자를 남기며…

# 옹달샘

유년의 푸른 숲속에서 솟아나는
마르지 않는 옹달샘이
이끼 낀 골짜기를 지나
세월의 강물을 흘러
겨울 바다의 앙상한 가슴을 적신다

고조부의 고조부님 시절
칠년대한七年大旱을 이겨 내고
씨앗을 보존해 주었다는 전설이 깃든
종자골 선산 부근 맑은 옹달샘 가에는
순서를 다투지 않는 작은 표주박 하나
배롱나무에 걸려 흔들리고 있었지

눈 감으면 무지개가 뜨고
아지랑이 피어오르는 유년의 옹달샘은
아무리 마셔도 가시지 않는
목마르고 고단한 내 삶의 마중물이 되어
어느 바다로 흘러갔을까

바다가 허옇게 얼어붙은 날에도
얼지 않고 솟아나 어디론가 흐르는
손에 닿을 수도 없는
아득한 내 그리움의 원천이여!

# 비 내리는 바다

누가 지친 내 몸을 일으켜 세워
비 내리는 바다 위에 서게 하는가

치통처럼 간간이 파도가 밀려오다
신음을 삼키고 스러져 간다

내 마음속 그리운 바다에는
하얀 돛단배가 수평선을 찾아가고

흠뻑 젖은 빈자리가 눈에 밟혀
빗줄기 틈사이로 가는 햇살을 훔쳐본다

# 거울 속 그림자

같이 있을 때
떨어져 앉고 싶고
멀어져 있을 때
그리운 그 사람

만나면 만날수록
더 보고 싶고
헤어져 돌아서면
함께 가는 그 사람

# 그날

기다리던 그날은
기다리던 세월보다 더 긴 하루
십년 넘는 인고의 시간들이
하루 속에 다 수렴되는 그날

돌아오는 길을 돌아보니
깜깜한 터널 속을 헤쳐 나왔구나

밀물 썰물이 서로 껴안고 노래하는
환희의 바다가 밀려와서
휘청거리는 내 발목을 휘감고
별빛이 머리로 위로 쏟아지던 그날 밤에

아무도 없는 거리에서 나는 외쳤다
감사합니다! 사랑합니다!

# 창문을 열면

창문을 열면
지나가는 외로운 나의 그림자를
그대는 볼 수 있을까

짧은 봄밤의 추억은
오월의 벼랑 끝에 잠시 머물다가
초록빛 숲속으로 사라진다

봄밤보다 더 짧은 여름밤에도
다 풀어낼 수 없는 기다란 꿈이
잡힐 듯 달아나는 그림자를 뒤쫓아 간다

유월의 연분홍 자귀나무 꽃잎에 물든
낯선 내 얼굴을 기억할 수 있을까
그대 일어나서 반쯤 닫힌 창문을 열면…

# 기다림의 끝에서

기다림의 끝에서
기쁨과 행복 대신에
안도의 한숨을 내쉰다

긴 세월 인내의 이름으로 살아온
너의 처절했던 고독은
오월의 장미꽃으로 피어나고

기다림의 끝에 선 우리는 다시
설레는 기다림의 처음을
곧 만나게 된다

눈물이 마르고
기도문도 모르는 간구의 계단에서
나는 무릎을 꿇고 엎드린다

# 수평선

오랜 기다림으로 시린 두 눈 끝에
하늘과 바다를 가르는 아득한 그곳에

그대를 향한 그리움이 늘 머물고 있다

장엄한 일출과 황홀한 달빛을 삼킨 폭풍이
노도怒濤의 등을 타고 내습할 때에도
추억의 경계선을 지키고 다시 세운다

고개를 들고 어둠 내린 하늘을 보면
지나간 만남의 기쁨도 이별의 아픔도
쏟아지는 별빛도 갈매기 울음소리도

그대를 향한 그리움이 되어 날아간다

# 심야의 고백

한밤의 수군대는 진실의 속삭임은
눈을 감고 귀를 쫑긋해야 들을 수 있다

한낮의 거짓 깃발 펄럭이는 행진곡은
귀를 막고 몸짓으로 박자를 맞춘다

처음에는 눈물로 따라 부른 노래
나중에는 침묵으로 울음을 삼킨다

빛을 두려워하는 검정 커튼을 닫고
보고 싶다고 사랑한다고 고백을 한다

# 그해 가을에 떠난 사람

그해 가을
그가 싫어하는 단풍이 물들기 시작하자
그는 나를 떠났다

철새들의 울부짖음과 동어반복을 뒤로하고
단풍같이 울긋불긋한 형용사로 뒤덮인
소연한 정치판의 가설극장을 나와
더 이상 말도 섞지 말고
얼굴도 보지 말자며 떠나갔다

그럴싸한 명분론을 미워하고
추상적인 구호를 혐오해 온 그는
가짜 뉴스에 분노하기에 지쳐
나를 남겨 두고 마침내 떠나갔다
비겁과 위선이 넘실대는 이 거리를…

떠나간 너를 그리워하는
알맹이 없는 나의 가슴속으로
그해 가을보다 더 쓸쓸한
가을바람이 불어온다

# 기다리는 사람에게

희망이란
기다리는 사람에게만 주어지는
불가침의 특권이다

어떤 독재자도
심지어 신이라고 부르는 절대자도
기다리는 사람에게서
희망을 빌려 가지도 빼앗을 수도 없다

희망은 깜깜한 동굴 속 한줄기 빛이다
폭풍우 치는 망망대해의 등대이다
막다른 절망의 끝에서 만난
휘파람새 노래하는 호젓한 오솔길이다

기다리는 사람에게만 주어지는 희망은
타오르는 생명의 불씨를 가슴에 품고
사랑하는 사람을 그리워하는 꿈을 꾼다

## 수신인불명受信人不明

지난 가을에 부쳤던 시집이
돌고 돌아서 되돌아왔다
주소를 쓴 봉투 여백에
수신인 불명이라는 스탬프가 찍혀 있다
붉은색 잉크가 바래지고
겨울이 스쳐간 흔적이 묻어 있다

누군가 만난 지 오래된 친구 하나
나에게 손수 보낸 봄소식도
이리저리 꽃잎처럼 떠돌다가
수신인불명의 노랫말이 되어
그 봄을 다시 찾아갔을까
그 사람은 지금 어디에 살고 있을까

# 둔주遁走의 길

사육장 울타리가 무너지자
동물들이 정신없이 뛰쳐나온다

해일이 밀려온다
떠나라 달아나라
뒤돌아보지 말고
저 언덕 너머 소나무 숲속으로
쉬지 말고 뛰어가서 숨어라

빨리 걸을 수 없는 유전병에 걸렸다고
오랜 세월 세뇌되어 온 직립인간들은
이제는 서지도 못하고 주저앉아야 한다

자유를 찾아가는 둔주의 길에
사랑하는 너를 떠나보낸 나는
바다가 밀려오는 그날을 쓸쓸히 기다린다

# 나를 떠날 때에는

나를 떠날 때에는
쓰다 남은 일기장은 넘겨주고 가라
줄 친 추억들의 여백에는
눈물보다 더 짠 그리움이 젖어 있으므로

나를 떠날 때에는
흔드는 손 안 보이는 샛길로 떠나가라
오고 가는 길들이 만나는 정거장에는
차마 되돌아올 수 없는 강물이 보이므로

먼 훗날 내가 나를 떠날 때에는
얼룩진 일기장은 햇볕에 내던져 놓고
그대 그리움만 안고 가리라
다시는 돌아오지 않는 너를 위하여

혼자 남아 있는 나를 보낼지라도…

# 본색本色

내가 너의 본색을 알 수 없듯이
나의 본색을 너는 모를 것이다
나도 모르는 나의 본색을 묻는다면
난세의 영웅호걸을 꿈꾸는
겁 많은 몽상가라고 대답하고 싶다

백마에 미인을 태우고 언월도를 휘두르며
무도한 역적의 무리들을 징벌하려다
본색이 드러나 달아나는 꿈속의 가위눌림에
식은땀 줄줄 흘리는 망국의 필부라고…

너도 나도 누구도 모르는 나의 본색은
좌파도 우파도 아니면서 무리지어
밀려왔다 물러서기를 반복하는
색깔 없는 변덕쟁이 바다가 아닐까

겉과 속이 늘 다른 나의 색깔은
그럴싸한 희망의 선전에 세뇌되어
피부와 속살이 서로 오염되는 줄도 모르는
꿈속에서 불어오는 미친바람이 아닐까…

# 3월에 내리는 눈

하얀 꽃잎이 휘날린다
잿빛 하늘을 찌르는 함성이
꽃피는 봄날을 노래한다

기울어진 광장 위로
나비들이 너울너울 춤을 추며
꿈의 조각을 뿌린다

강물이 흘러간다
흐르는 강물에 쌓이지 않는
3월의 눈은 바다로 흐른다

3월에 내리는 눈은
그냥 마냥 흘러간다

# 늙은 산

마침내 내 청춘의 푸른 산도 돌아눕는다
의구한 줄 알고 믿어 왔던 청산이
석양빛에 비스듬히 주저앉는다

숲에서 검붉은 땅거미가 기어 나오자
황혼의 그늘에 구부러진 잔등을 감추고
이끼 낀 바위 위에 고단한 몸을 기댄다

누가 시켜서 배신하는 것도 아니고
목에 늘어진 주름은 풍상이 쓸고 간
슬픈 유산도 아닐 것이다

미풍에도 흔들리는 너의 변심은
짝 찾는 산짐승의 간절한 노래가
연약한 가슴에 피고 지는 풀꽃 때문이겠지…

# 사라진 바다

개펄을 덮어 만든 해안도로가 생기자
바닷가 마을에서는 파도 소리가 사라지고

뭍으로 연결되는 다리가 놓아지자
갈매기는 봄이 오는 바닷길을 찾지 못해
바다 건너 바위산 산길을 헤매다 떠나간다

동백나무 입술에 부서지던 바닷바람은
밀물 썰물의 뜨거운 포옹만을 기억한 채
사라져 가는 바다의 이별을 향해 불어 가고

윤슬이 되어 반짝이며 밀려오는 그리움은
저 멀리 가물거리는 수평선 너머로 사라진다

# 목련꽃 질 무렵

목련꽃 필 무렵이었지
나 도시로 전학 간다
잘 있어… 편지할게…
어린 동무네는 보릿고개를 넘어
고향을 떠나가고
새 동무는 병든 가족과 함께
들길을 따라 옛집으로 돌아왔다 떠나갔지

아이들은 돌아오지 않는 동무를 기다리며
눈물로 주고받은 무언의 약속을 위해
목련꽃 필 무렵의 하얀 추억을 주억거렸지
고향을 그리다 넋으로 돌아온 어른들만
동구 밖 느티나무 아래 노제路祭를 지내고
꽃상여를 타고 공동묘지로 넘어갔지

목이 타는 목련꽃 질 무렵이었지…

# 자문 自問

이제는 떠날 것인가
이대로 잔류자로 남을 것인가

겨울 바다를 찾아와서 나에게 묻는다
파도가 부서지는 사이사이 물어본다

무엇을 할 것인가
어떻게 할 것인가

떠나고서 늘 그리워할 것인가
남아서 밤새워 기다릴 것인가

가다가 돌아오는 길은 없을까
천천히 쉬어 가는 길은 없을까

수평선이 다가와 속삭이고 물러선다
두 갈래 길만이 길이 다 아니라고…

# 길 위의 노래

날마다 나는 길을 찾아 길을 떠난다
나는 날마다 너를 따라 길을 나선다
모두를 떠나보내고 맨 나중
나의 노래에 너를 실어 보내고 나서
나는 너의 뒤를 따라잡으려고
날마다 쓸쓸한 나그넷길을 나선다
길을 가다가 나를 기다리고 있을 것이라는
부푼 희망을 안고 길을 떠난다

길을 찾아 나선 나는 너를 만나지 못하고
길을 헤매는 너의 그림자와 함께 돌아온다
길을 가다가 어느 외로운 오솔길을 만난다면
다 부르지 못한 나의 노래를 불러다오
바람처럼 흩어지다가 눈물처럼 반짝이다가
민들레 꽃씨처럼 날리는 나의 노랫말을 뿌려다오
사랑하는 사람을 위해 그리움으로 살아나는
길 위의 노래를!

제3부 동행

# 동행同行

그리워하는 마음
때로는 힘이 되어

약도 없는 늙어 감이
쓸쓸하고 서글픈 날

희미한 추억을 불러
함께 걸어가는 길…

내 몸에 깃든 근심
헤어지면 허전하리

드나드는 바람결에
웃다가 눈물 짓다

시린 맘 하얀 미소로
마주 보며 가는 길…

## 해후 邂逅

작별의 인사도 없이
조용히 떠난 사람

잊혀진 듯 그리다가
꿈속에나 만난 사람

주름진 세월을 넘어
알아보는 그 사람…

만나고 헤어지는
바람 같은 인생살이

사랑하고 헤어지는
대하소설 같은 사연

가슴에 그리움만 지니고
손 흔들어 보낸다

# 고향 생각

고향집 앞동산엔
참꽃이 만발하고

이끼 낀 담장에는
흐드러진 개나리꽃

가만히 눈을 감으면
반짝이는 봄바다…

사라진 아이 울음
마늘밭도 줄어들고

텅 빈 집에 봄이 와도
새들도 찾지 않는

아련한 꿈길에서나
그려 보는 내 고향…

# 감계 甘溪

감계를 떠나온 지
어느덧 몇 년인가

고개를 넘나들던
추억도 아련하고

봄밤의 소쩍새 소리만
귓전에서 맴도네…

감나무 새잎 돋고
민들레 꽃씨 흩날릴 때

떠날 날이 다가와도
정은 두고 오자 했지

봄날이 오고 또 가도
그리움만 쌓이네…

# 눈부신 5월

아이야 일어나서
저 꽃을 보려무나

기다리던 봄이 가고
찔레꽃도 피었구나

눈부신 햇살 속에서
활짝 웃고 있구나…

봄 가뭄 오래 가네
오월이 다 가도록

고향집 마당가엔
감꽃도 피었겠지

무성한 신록을 찾아
일어나서 가 보자…

# 꿈길에서

봄밤은 짧아지고
꿈길은 여러 갈래

부질없는 기다림에
봄꽃은 피다 지고

잡힐 듯 닿을 듯하다
부서지는 꿈 조각…

발 없는 꽃소식은
천릿길도 지척인데

꿈길 속 마주 보다
눈을 뜨면 천리 저쪽

산 넘고 돌다리 건너
손짓하는 먼 그대…

# 비

유월의 한가운데
마른 가슴 적시는 비

밤새운 하소연에
목이 잠겨 흐느낀다

참아 온 눈물이 되어
하염없이 흐른다

눈물을 감추려고
주룩주룩 내리는 비

오랜 가뭄 고된 세월
살아남은 기다림이

희망의 강물로 흘러
푸른 바다 이르길…

# 자실自失

돌림병이 발을 묶고
상식이 사라진다

눈과 귀 멀쩡해도
믿을 수 없는 세상

이랬다저랬다 하다가
정신줄을 놓는다

정신줄 놓다 보니
절기도 잊고 산다

추웠다 더웠다 하는
자연의 섭리 따라

잠시도 기다리지 못하고
발만 동동 굴린다

# 건너뛰기

어렵게 만날 사람
확진자가 되었다고

가을꽃 다 지고 나서
첫눈 오면 보자 하네

기다릴 까닭도 없는
뻔한 가을 건너서…

고백할 말 감춰 두고
가을맞이 할까 했지

역병도 물러가고
새바람을 기대했지

하루도 건너뛰지 못하고
속고 사는 인생사…

# 불씨

꿈속에서 만난 사람
풀밭인가 숲속인가

다정하게 손을 잡고
언덕을 오르다가

희미한 꿈틀거림에
깜짝 놀라 깨었네…

아직도 살아 있는
감춰진 불씨 찾아

타오르는 불꽃으로
그리움을 살려 놓고

인생의 검은 새벽길
밝혀 비춰 보리라…

# 세월

황사 바람 오래가네
봄이 가고 여름 와도

기다림만 쌓는 오늘
어제 같은 내일 오네

만날 날 기약도 없이
달은 차고 기우네…

추웠다 더웠다가
돌아서면 가는 세월

좋은 일 궂은일도
두 손 잡고 걷는 인생

눈가의 잔물결 사이로
밀려오는 그리움…

# 추억

고갯길 넘나들며
산허리에 걸린 안개

그리움 짙어 가면
장맛비를 불러와서

아쉬운 발목을 묶어
마른 가슴 적시고…

산봉우리 함께 올라
땀방울에 젖은 추억

바래진 꿈길 속에
피어나던 꽃송이들

허공을 어루만지다
없는 손을 찾는다

# 미소

느릿느릿 걷는 노인
차마 질러갈 수 없어

어깨를 맞춰 걷고
손도 잡아 주는 마음

고맙고 미안하고나
함께 가야 할 사람…

한발 빨리 더 가려고
다리 걸고 밀어대는

메마른 세상살이
피어나는 맑은 미소

넉넉한 걸음걸이에
석양빛이 물든다

# 폭양 속으로

지친 몸 일으켜서
폭양 속을 다시 간다

바다는 멀리 있고
산그늘은 아득한 길

반가이 맞아 줄 사람
어느 골에 숨었나…

그립다 보고 싶다
가을 오면 만나겠지

짝을 찾는 매미 울음
음정 박자 숨이 차고

토막 난 노랫말 따라
비틀대는 발걸음…

# 돌덩이

가슴속 한구석에
돌덩이가 살고 있어

분노를 억누르고
비애도 다스린다

꽃 피는 새봄이 와도
침묵으로 노래한다…

가슴을 비우려고
돌덩이를 들어내니

움푹 파인 그 자리에
채워지는 그리움이

이대로 하늘빛 품고
흘러 함께 가잔다…

# 고향길

창밖의 빗소리가
어제 핀 꽃 다 적시고

바람 불어 쓸쓸한 길
고향 바다 이르는 꿈

아득히 밀려오는 파도
급한 발을 묶는다⋯

고향은 너무 멀고
그 사람은 가까워서

눈 감으면 닿는 거리
눈을 뜨면 안 보이네

서로가 엇갈린 그 길을
몰라보고 찾는다⋯

## 연인

바람 불어 쓸쓸한 날
기대서고 싶은 나무

기다림에 지쳤을 때
미소 띠며 다가서고

그리워 주저앉으면
손을 빌려주는 임


## 꿈나비

너의 흰 그리움은
꽃잎 속에 잠이 들고

나의 푸른 기다림은
꿈속에서 춤을 추네

아직도 떠나지 못하고
맴을 도는 꿈나비…

## 불면

밤중에 깨어나서
잠 못 들어 고달픈 몸

부질없는 근심 걱정
눈 감으면 밀려오다

새벽빛 물든 창문을 뚫고
안개 속에 잠든다


## 각성

정신줄 놓지 마오
한 걸음도 조심조심

때늦은 깨달음이
후회를 앞세우네

아무리 손을 비워도
남아 있는 인생사

## 서행徐行

나란히 가던 사람
저만치 앞서 가고

눈부시지 않은 하늘
하얀 낮달 스쳐간다

석양이 비껴선 언덕에서
기다리고 있을까…


## 12월

날마다 가는 길이
바람 차고 미끄럽다

되돌아갈 수 없는
아득하게 멀어진 날

기우는 햇살 사이로
발 디딜 길 찾는다

# 파도

그립다 보고 싶다
눈 감으면 밀려온다

언젠가는 잊혀져 갈
그 이름 그 얼굴을

터져라 외쳐 부르며
빈 가슴을 채운다


# 처세훈處世訓

잘 알지 못하면서
아는 척하지 마오

아는 게 병이 되고
모르는 게 약이 되네

부귀는 늘 다툼 있어
손 내밀기 어려워…

# 희망

늦게 핀 봄꽃들이
초록으로 물든 오월

맑고 고운 은혜 행운
감사하는 마음으로

눈부신 아침 햇살에
반짝이는 눈망울…


# 민들레

오다가 가는 봄날
피다가 지는 꽃잎

기다림도 아쉬움도
꽃씨로 날려 놓고

머리에 그리움만 이고
흐느끼는 민들레…

# 낙화

바람이 스쳐 가듯
만나고 헤어져도

한순간 맺은 정이
너무나 무거워서

꽃잎은 저리도 져서
맴을 돌고 있는가


# 나이

유년의 꿈길 속엔
언제나 일곱 살 나이

어머니 살아 계시면
아흔에 더한 일곱

한 살도 더 먹지 못하고
새해 아침 맞는다

# 선인장 꽃

신선의 손바닥에
고운 꽃이 피었구나

가시밭길 헤치면서
오랜 세월 참고 견뎌

마침내 새봄을 맞아
활짝 웃고 섰구나


# 봄맞이

한겨울 살아남은
길고양이 짝을 찾고

뼈만 남은 화살나무
새잎이 파릇파릇

메마른 가슴 벌판에
피어나는 봄맞이꽃

# 꽃

속임수 모르는 꽃이
뒤통수를 치듯 핀다

색깔 따라 차별 없고
좌파 우파 구분 없다

남 탓도 뽐냄도 없이
바람 따라 피고 진다


# 후회

달빛에 젖은 세월
햇빛에 바랜 추억

헝클어진 발걸음에
켜켜이 쌓인 후회

깨어진 꿈의 파편만
반짝이며 흐른다

# 달밤

어머님 옛이야기
귓전에 맴도는 밤

눈 감으면 밀려오는
고향 바다 파도 소리

달빛을 두레박질 하여
마른 가슴 적신다


# 바람이 남긴 것

바람이 남긴 것이
찢긴 가지뿐이리오

가을도 오기 전에
푸른 낙엽 뿌려 놓고

무너진 돌담 사이로
고개 드는 채송화…

# 무지개

바람이 남기고 간
근심 덮는 큰 무지개

옹달샘에 솟아나서
한강물에 내려앉아

희망을 가슴에 심고
노을 속에 섰구나


# 신록

봄꽃이 지는 사이
기다림도 말라 간다

미풍에 흔들리는
초록빛 나뭇가지

힘내라 하늘을 보라
손 흔들며 외친다

## 고갯마루

좋은 날은 언제 오나
기다림은 숨이 차고

익숙해진 마스크에
길들여진 거리 두기

아무런 생각도 없이
고갯마루 오른다


## 갈대

흔들리는 달빛 조각
날선 비수 입술에 물고

강바람 몰아쳐도
꼿꼿이 발돋움한 채

갈매기 유혹하는 밤에도
꺾이지 않는 푸른 고독…

## 경구警句

눈 없는 돈과 명예
좇다 보면 귀도 멀고

권력이란 비정한 칼날
가까이하면 피를 보지

마음속 주먹을 펴고
빈 하늘을 바라보라.


## 돌담길

돌담길 끝자락에
어린 꿈이 피어났지

골목길 돌아서면
푸른 솔숲 우거지고

해 뜨고 달이 솟는 바다
가슴 가득 밀려왔지

# 유월의 고향에는

고향집 앞산에는
살구가 익어 가고

지금은 볼 수 없는
치자꽃 하얀 언덕

초록빛 밀려오는 바다
그리움도 물든다


# 절반

유월도 절반 가고
한 해도 반만 남아

바람개비 같은 세월
멈춰서면 제자리걸음

시작이 반이라 했는데
가도 가도 남는 길…

# 메꽃

가만히 바라보면
가련하고 애처롭다

가는 몸 여윈 손길
허공에 내던지고

보랏빛 울음 삼키며
흔들리는 노래여


# 근황

풀벌레 울음소리
목마름을 불러온다

거리두기 오래되니
인정만 메마르고

무성한 잡초더미만
폭양 속에 쌓인다

## 새벽에

새벽에 풀벌레소리
창밖에서 들려오네

깊어 가는 시름보다
가을이 먼저 오나

못다 한 하소연마저
폭염 속에 잊고서…


## 추석

고향은 멀리 있고
그리움이 다가선다

부모형제 상봉하고
정을 쌓던 추억 사이

구름에 가린 보름달
눈을 씻고 나온다

## 인생길

산으로 가는 길이
바다로 가는 길이

떠날 때는 같은 방향
언제부터 갈라져서

다 같은 인생길인데
꿈길처럼 멀어진다


## 산

산으로 가는 길이
발걸음은 왜 무겁나

기다리는 사람 없고
쉴 바위도 없는 산을

그래도 무심한 세월 속에
그리움만 쌓이는데…

# 분수

엉킨 맥 풀리다 보니
온몸이 들쑤신다

팽팽한 활줄 놓고
움켜진 주먹 펴니

가슴속 치솟는 분수
검은 밤을 적신다



# 마음

무게도 없는 마음
무엇으로 달아 보나

시시때때 변하는데
언제 재야 똑바로 알까

하물며 심천허실深淺虛實을
어찌 안다 하리오…

# 나의 길

이슬비 부슬부슬
빈 가슴을 적시는 날

허전한 손을 들어
헛된 박자 젓는 노래

음정도 발걸음도 헝클어진
바람 속의 나의 길


# 감귤

동향 아우 배 진사가
보내오신 귀한 감귤

향기로운 감칠맛에
따뜻한 정감 어려

북서풍 차가운 겨울밤
아껴 두고 맛보리

# 포로

창살 없는 감옥살이
삼 년을 맞는구나

입을 막고 귀를 닫아
거짓으로 희망 고문

강요된 선택권도 뺏기는
길들여진 포로여!


# 길 1

앉았다 일어섰다
가다가 멈춰 섰다

사방을 둘러보고
하늘도 쳐다본다

밤새워 걸어온 길이
길 아닌 줄 모르고…

# 달

내 마음 둥근 달은
어디로 굴러가나

눈을 잃고 이리저리
시린 가슴 비추다가

차다가 이지러지다
어둠 속에 숨는다


# 들국화

달빛에 젖은 길을
두 손 잡고 걸었었지

아득한 그리움이
꽃잎에 숨었었지

온몸을 감싸는 향기
꿈인가도 여겼지

# 빈 손

쥐어도 허전한 손
펼쳐도 쓸쓸한 손

나서도 갈 데 없고
돌아서도 쉴 곳 없어

가지도 오지도 못하고
손가락만 젓는다


# 가을비 내리는 밤

가을비 내리는 날
마음마저 축축한 밤

눈 감으면 흘러오는
추억의 강물 따라

이 밤도 지친 몸 실어
꿈속에서 만나자…

## 고향의 꽃

치자꽃 피는 언덕
찔레꽃이 흔들흔들

어머님이 좋아하신
코스모스 하늘하늘

들국화 향기 넘치면
동백 붉게 맺히고…


## 걸어야 산다

느리게 걷더라도
꾸준히 걸어야 해

건너뛸 수 없는 인생
누가 대신 걸어 줄까

오늘을 걷지 못하면
주저앉고 말 것을

## 오지랖

못 본 척 못 들은 척
모르는 척하다가도

잘 알지 못하면서
아는 척을 하는구나

아무리 잘라 내어도
돋아나는 오지랖


## 윤슬

자다가 일어나서
꿈의 조각 이어 본다

반짝이는 사금파리
별빛인가 눈물인가

가없는 목마름을 마시며
밀려오는 그리움

제4부 가을길

# 가을길

고개를 돌려 보오
빈손을 빌려 주오

홀로 걷는 가을길이
외롭지 않으려고

허전한 독백 사이로
다가오는 그 얼굴…

닿을 듯이 안길 듯이
뜨거운 숨소리가

바람결에 흩어져서
피어나는 코스모스

이 길이 끝나는 길에서
팔 벌리고 있겠지…

# 가을이 오는 소리

어디에 숨어 있나
가을이 오는 소리

한 뼘 그늘 없는 길섶
풀벌레들 징징대고

수수 잎 서걱이는 바람
뭉게구름 피운다…

그 사람 다시 올까
설레임에 오른 언덕

해마다 다른 가을
낯선 길을 찾아오나

가슴속 타는 골짜기
적셔 주는 물소리…

# 반성反省

서울살이 오십여 년
이런 날씨 처음이라

한번 붙은 기침감기
찰거머리 따로 없어

나은 듯 뒷걸음치다
찬바람이 파고 든다…

구부렸다 허리 펼 때
손 내밀어 잡아 주오

날마다 늙어지는
게으름의 업보로다

내일은 떨쳐 일어나
새 출발을 다지리

# 밤길

눈물을 감추려고
혼자서 걷는 밤길

서글픈 마음 따라
발걸음도 비틀대고

행여나 뒤돌아보면
구부정한 그림자…

빈 어깨 들썩이며
밀려오는 회한의 강물

천륜의 중한 숙업宿業
머리 숙여 감사하며

바람에 흩뿌리는 독백
미안하다 사랑한다

# 가을비

바래진 추억 속으로
뚝 뚝 뚝 떨어져서

혼자서 가는 길이
외롭지 않은 날에

가을에 젖은 꽃잎 사이로
솟아나는 그 얼굴…

얽히고 뭉쳐진 매듭
술 술 술 풀어내어

무심한 빗소리에
눈물 몰래 씻어 놓고

회한도 기다림도 없는
가을 찾아 떠난다…

# 쓸쓸한 길

날씨는 쌀쌀해도
하늘 높은 가을이네

아직도 가야 할 길
그림자도 쓸쓸하네

아무도 대신할 수 없는
끝 모르는 나의 길…

내 인생 가을길은
함께 걷자 하였지만

가을꽃 비껴 서고
겨울 안개 피어나네

하늘을 보다 뒤돌아보니
떠오르는 그 얼굴…

# 친구를 찾아서

친구 찾아 나선 길이
미끄러워 서럽구나

그곳에는 네가 없고
여기에는 내가 없다

한세월 오가던 거리
눈보라에 묻힌다…

편 갈린 아우성에
잠시 쉴 데 찾지 못해

한 걸음도 숨이 차서
멈추어 선 길모퉁이

아련한 추억 사이로
손 흔들며 오겠지…

# 얼굴

그 바다가 보고 싶다
이 가을이 가기 전에


발자국 지우는 파도
노을에 잠기는 추억


아무도 기다리지 않는
가을 바다 그 얼굴…


가을이 손 흔들며
흘러가네 강물처럼


가물가물 멀어지네
반짝임을 뿌리면서


그리운 바다에 이르면
잊혀지고 말 것을…

# 겨울밤

어머니 옛이야기
함께 듣던 겨울밤에

아버지는 군불 때며
군고구마 구우셨네

아랫목 온기 나누며
깊어 가던 겨울밤…

먼 나라 전쟁 소식
편이 갈려 어지럽고

책임 없는 언론 보도
꿈자리만 들쑤신다

차라리 이 밤을 도와
첫눈 오면 좋겠다…

# 겨울비

겨울비 내리는 날
마주할 사람 잃고

모서리 창가 자리
찻잔만 식어 가네

입김을 호호 불면서
그려 보는 그 얼굴

우산을 펼쳐 들고
빈 어깨에 씌워 주면

무심한 빗줄기는
찬 허리를 다 적시네

젖은 몸 말려 주던 미소
피어나고 있을까

# 그리움

이 몸이 늙어 가도
추억은 파릇하다

날마다 새잎 돋아
푸른빛에 젖는 가슴

스칠 듯 내민 손으로
그려 보는 그 시절…

동짓달 찬바람이
추억을 불러오네

아련한 손길 따라
눈 감으면 숨이 차고

눈 뜨면 아득한 바다
밀려오는 그리움…

# 물소리

새벽의 빗줄기가
꿈길을 적셔 오네

바래진 추억들이
가슴을 파고드네

어디서 부르는 소리
숨어 있는 가을빛…

머리에 하늘을 이고
강물이 흘러간다

노을 지는 산그늘에
그리움을 묻어 놓고

아득한 추억을 넘어
밀려오는 물소리…

# 흑백사진의 추억

붉은 피 흐르던 시절
푸른 빛깔 그리움이

바래지고 지워져서
낯이 선 흑백사진

한 가닥 기억도 상처도
독백 속에 숨는다…

반백 년 저쪽 세월
아련한 추억 속을

침침한 눈 부릅뜨고
찾아가는 청춘이여

그 모습 그 얼굴 그대로
가슴속에 품어라…

# 망향곡

동네가 비어 가도
동백꽃 붉게 피고

굴뚝 연기 사라져도
굴뚝새가 우는 고향

바다로 난 들길을 건너
봄은 찾아오겠지…

새벽에 잠이 깨면
여기인가 거기인가

떠나온 지 오십여 년
엊그젠가 여겨지고

뙤약볕 퍼붓는 한낮에도
그 모습이 선연해…

## 시제<sub>時制</sub>

내일은 줄어들고
어제만 쌓여 간다

오늘을 아껴 쓰면
내일이 줄어들까

오늘은 영원한 내일
밀려오는 파도여…

내일이 어제 되면
오늘은 어디 갔나

살얼음판 건너가듯
맘 조리며 보낸 오늘

내일은 오늘을 위해
어제 속에 숨을까…

# 송구영신 送舊迎新

지구와 하나 되어
자전 공전 뒹굴면서

시작도 끝도 없는
영원의 길 찾는 인생

다 같은 중력의 무게
나 혼자만 무거운 짐…

보내고 맞는 정이
가슴속에 물결친다

해 저물고 새해 오는
수평선을 바라보며

이제는 혼자서 말고
두 손 잡고 가야지…

# 금

큰 바람 불고 나서
멀어지는 가을 하늘

큰물 맞은 마을마다
겨울나기 걱정 앞서

한가위 둥근 가슴에
금이 나서 시리다


# 백로 白露

태풍이 몰고 온 가을
하얀 이슬 내리는 날

하늘은 높아 가고
주저앉은 기다림이

어디서 부르는 소리
서편 하늘 바라본다

## 구월에

하늘은 높아지고
시름은 쌓여 간다

무거운 발걸음에
기다림은 주저앉고

누군가 부르는 소리에
귀를 쫑긋 세운다


## 폐업

고향 친구 모이던 집
못 견디고 문을 닫아

가슴 설레 찾은 발길
갈 데 없어 헤매는 날

그리운 바다 내음은
어디 가서 찾으리

# 염원

오늘 밤 큰비 내려
눈물 근심 씻어 주오

꽃잎 다 떨어지면
새순 돋아 무성하리

비 갠 뒤 푸른 하늘엔
태양 가득 비춰 주오


# 봄비

봄 내내 마른 가슴
적시는 빗소리가

후회도 아쉬움도
잊어라 속삭이네

이제는 돌아보지 말고
앞만 보고 가라 하네

# 몸

몸속에 깃든 마음
하늘과 바다 같아

무궁무진 변하고도
변치 않는 그대로라

이 몸도 마음 같아서
모났다가 둥글고…


# 그 사람

발걸음 무거워도
세월은 빨리 간다

아무 말 없어도 좋으니
만나면 좋은 사람

여름의 끝자락에 서서
기다리는 그 사람

## 구절초 九折草

고향집 마당가에
구절초는 피었을까

대나무 바람 따라
달빛 속에 하늘하늘

그 하얀 향기를 찾아
꿈길 속을 헤맨다


## 가을이 온다

봄여름 견디고 나니
지쳐 가는 몸과 마음

가을이 온다 힘을 내라
풀벌레가 응원하네

떨치고 일어나 보니
가을길이 보인다

## 남행열차

추풍령 넘어서니
흰 구름 물빛 하늘

켜켜이 쌓인 추억
스쳐 가는 차창 밖에

눈부신 초록빛 물결
햇살 속에 빛난다


## 무학산 기슭에는

무학산 기슭에는
가을바람 불어오고

할매곰탕 가마솥엔
깊은 정이 끓고 있나

잊혀진 추억을 찾아
언제 다시 가려나

## 저녁놀

흐르고 흐르다가
흩어지는 구름 조각

나타났다 사라졌다
벽공碧空에 숨는 얼굴

그리움 아득한 하늘 끝
물들이는 저녁놀


## 단풍

강물 따라 흘러온 몸
바다에 닿고 보니

품어 온 산노을이
어느새 빠져나가

세월에 젖은 추억을
물들이고 있는가

# 입동立冬

너는 낙엽 따라 가고
나는 바람 앞에 섰다

깍지손 마디마디
체온이 서러워도

손 한번 흔들지 못하고
멀어지는 가을길


# 그 집 앞

그 집 앞 살구나무
꽃 다 지고 푸르겠지

세월이 흘러가고
바래지는 그리움에

안개비 내리는 날
묵은 우산 찾는다

## 노인

느려진 걸음걸이
세월보다 앞서가니

구부정한 등 떠밀며
비껴 서라 부는 바람

아무도 듣지 않는 인생사
석양빛에 젖는다


## 토막잠 사이로

잔기침 잦아들고
겨울밤이 깊어 간다

바람 없는 창가에는
길고양이 숨이 차고

토막잠 사이사이로
찾아오는 그 사람

# 겨울산을 바라보며

눈 덮인 겨울산이
이마에 다가온다

오를수록 멀어지던
젊은 날의 산봉우리

이제는 바라만 봐도
팔 벌리며 반긴다


# 저 멀리 두고

온종일 오는 비에
그 좋던 꽃잎 다 떨어진다

비바람에 젖은 나무
초록빛을 더해 간다

그리움 저 멀리 두고
빗길 홀로 걷는다

# 봄소식

해조음 머문 기슭
동백꽃이 피고 지고

거센 해풍 잦아들면
반짝이는 겨울바다

아무도 찾지 않는 언덕
기다리는 봄소식


# 길 2

만나고 헤어지는
수없는 길 중에서

한길 함께 가는 것은
바람 같은 우연일까

이 길이 갈라지는 길까지
알지 못할 것 같아…

# 새벽길

선선한 바람결에
풀벌레 울음소리

밤새워 끓인 속을
다 비우고 나서라네

무심한 가을빛 뿌리며
밝아 오는 새벽길을…


# 가을 하늘

한 조각 흰 구름도
청산에 넘겨준 채

아무것도 갖지 않고
바다를 펼치는 손

가슴에 그리움만 품고
노을 속에 잠긴다

# 기다림

한밤에 깨어나면
짧고도 기나긴 밤

길다면 길고 긴 만남
짧다면 짧고 먼 꿈길

그림자 멀어져 가고
기다림만 숨이 차다


# 동백꽃

이 겨울 고향집엔
동백꽃이 피었겠다

산새가 찾아들고
대숲에는 파도소리

부모님 아니 계셔도
피고 지는 그리움

# 막걸리

그립다 오늘같이
진눈깨비 내리는 날

세상 걱정 저어 마신
그런 날이 다시 올까

만나면 좋은 친구들
기다리고 있는데…


# 지팡이

몸 안에 우환 있어
바깥 걱정 말자 해도

보이고 들리는 건
무법천지 천하대란

일어나 지팡이 찾아
잿빛 하늘 찌른다

# 병

찬바람에 찾아온 병
알고 보니 오랜 친구

나이테에 쌓인 인고
늘어지는 긴 그림자

반갑다 어깨동무하고
같이 걷는 인생길


# 술병을 남기며

작년에 못 마신 술
금년에도 그냥 넘겨

겨울비 흩뿌리는
주막 길도 아득하다

만날 날 언제이려나
백발홍안白髮紅顔 그리워

## 회상 1

늦은 밤 들른 자식
한술 더 먹이려고

십 리 넘는 저자 길을
이른 새벽 다녀와서

아침상 그 귀한 생선
언제 구워 놓았던가


## 회상 2

이 겨울 고향에는
물메기가 귀하다네

오늘같이 추운 날엔
어머님의 물메기 국

뜨거운 정 호호 불면서
오순도순 마셨지

# 불모지

꽃샘추위 황사 바람
입을 막고 길을 간다

보이는 건 무법천지
들리는 건 말 아닌 말

풀꽃이 말라 가는 산하
언제부터 불모지…


# 숨은 길

산등성이 겨우 올라
돌아보니 길이 없다

지난 세월 쌓인 후회
바위틈에 묻어 두고

팔다리 늘어진 그림자
숨은 길을 찾는다

## 새봄이 와도

새봄이 오는 기척
아픈 몸이 먼저 알아

온밤을 뒤척이다
새벽을 맞는 심사

손잡고 기댈 데 없어
마중 갈 수 없구나


## 기약

만날 날 기약하면
세월이 더디 가고

가슴에 품고 살면
어느새 해가 진다

등 뒤로 기대서는 그림자
어깨동무하잔다

## 친구에게

반백 년 넘나든
한결같은 만남인데

발걸음 느려지고
말소리 흐려져도

우러러 푸른 하늘 이고
맑고 밝게 힘차게…


## 심연

깊고도 푸르른 것
어찌 바다뿐이리오

그대 가슴 푸른 심연
끝자락을 알 수 없어

아득한 그리움으로
그 바닥을 헤아리네

# 봄이 오는 길

석양에 기댄 바람
잔가지에 싹 틔우고

잔설이 녹은 길에
아지랑이 뛰어온다

울타리 누가 쳐서 막나
봄이 오는 저 길을…


# 적요寂寥

사방이 고요하여
창밖을 내다보니

너울너울 춤을 추며
기척 없이 내리는 눈

바람도 숨을 죽이고
가지 끝에 앉는다

# 겨울 햇살 사이에

시리다 손발 가슴
찬바람에 얼어붙고

인적이 끊긴 거리
비둘기만 옹기종기

투명한 겨울 햇살 사이에
기다리는 얼굴들


# 빙하

가슴에 쌓인 눈은
녹을 줄을 모르는가

봄이 멀지 않았는데
더욱 꽁꽁 얼어붙네

차라리 만년설로 얼다
빙하 되어 흘러라

# 눈길

고향은 눈이 귀해
눈길 함께 걷지 못해

첫눈 오는 날이 오면
갈 곳 몰라 외로운 길

쌓이는 그리움 모아
눈길 위에 뿌린다


# 까치

새벽을 물고 와서
창문을 두드리고

헐벗은 가지 끝에
움막 틀고 숨어 사는

눈보라 거센 바람에도
변치 않는 그 마음

# 겨울산

〰〰〰〰〰〰〰〰〰〰〰〰〰〰〰〰〰〰〰〰〰〰〰〰〰

—후기에 갈음하여

겨울산 다시 찾아 삭풍 앞에 마주 섰다
주저앉지 않으려고 무릎 꿇지 않겠다고
누천년 눈물을 삼킨
벼랑 끝에 맺힌 눈꽃…

오를수록 숨이 차서 내려앉는 하늘 이고
누구 없소 어디 갔소 시린 가슴 들춰내어
그리운 이름만 새겨 놓고
절벽으로 섰는가…

결의를 비운 손도 무거운 세상살이
여기 있소 또 오시오 목덜미를 감는 바람
산노을 물든 하산길
진눈깨비 날린다…

168